LEKTÜRE HILFE

Großer Bruder

Mahir Guven

LEKTÜRE HILFE

Großer Bruder

Mahir Guven

Verfasst von Sarah Ponzo
Übersetzt von Gerda Fischer

DER QUERLESER

Auf derQuerleser.de findest Du:
Zahlreiche verständliche und detaillierte Lektürehilfen in Nullkommanichts in digitaler Version oder als Taschenbuch.

MAHIR GÜVEN

FRANZÖSISCH-TÜRKISCHER AUTOR

- 1986 als Staatenloser in Nantes geboren

- Großer Bruder ist sein erster Roman

Der türkisch-französische Schriftsteller Mahir Guven wurde 1986 in Nantes geboren und schrieb 2017 seinen ersten Roman. Seine persönliche Geschichte ist ein Echo seines Schreibens: Als Sohn einer türkischen Mutter und eines kurdischen Vaters staatenlos geboren, wie die Hauptfigur seines Romans, er wird immer seinen Platz in der Gesellschaft suchen. Von der Kritik gelobt, erhielt Grand frère 2018 verschiedene Auszeichnungen, darunter den Prix Première, den Prix Régine Deforges und den Prix Goncourt du Premier Roman. Sein eindringlicher und prägnanter Stil sowie die Themen, die er behandelt, haben den Roman in die prestigeträchtige Welt der französischen Literatur aufgenommen.

Neben diesem Beruf als Schriftsteller engagiert er sich für die Zeitung Le 1 (eine 2014 von Éric Fottorino und Laurent Greilsamer ins Leben gerufene Wochenzeitung; sie berichtet über das Zeitgeschehen aus der Sicht von Schriftstellern, Forschern, Anthropologen etc.), das er im April 2018 veröffentlicht, will er sich seinen Projekten widmen. Derzeit arbeitet er am Magazin America mit, das 2017 von Éric Fottorino und François Busnel gegründet wurde, einer französischen Vierteljahresschrift, die den Vereinigten Staaten während der Amtszeit von Donald Trump gewidmet ist.

GROSSER BRUDER

EINE IDENTITÄTSSUCHE IM HERZEN DES 21. JAHRHUNDERTS

- **Genre:** Roman

- **Referenzausgabe:** Grand frère, Paris, Éditions Philippe Rey, 2017, 270 S.

- **1. Auflage:** 2017

- **Themen:** soziale Integration, Suburbs, Terrorismus, Radikalisierung, Humanität, Uberisierung, Religion

Dieser Debütroman, der 2017 veröffentlicht wurde, hat sowohl für seine literarische Qualität als auch für seine treffende Behandlung der angesprochenen Themen breite Kritikerlob erhalten. Stark an der Realität orientiert, spiegelt der Roman weitgehend die Krisen wider, die Frankreich derzeit durchlebt: den Aufstieg des Terrorismus, die Uberisierung der Gesellschaft und das ständige Streben nach sozialer Integration.

Die Geschichte spielt in einem vergifteten Vorort von Paris, einige Zeit nach den Anschlägen auf Charlie Hebdo (7. Januar 2015) und den Anschlägen vom 13. November 2015. Der Roman ist in abwechselnde Kapitel gegliedert: solche, die dem großen Bruder gewidmet sind und diejenigen, die mit dem kleinen Bruder zu tun haben.

Mit dem direkten Stil und der für die Vorstadtjugend so typischen Phrasierung gelingt es Mahir Guven, dem gesamten Buch einen besonderen Rhythmus zu geben.

ZUSAMMENFASSUNG

EINE UNERWARTETE RÜCKKEHR

Der große Bruder, der mit bürgerlichem Namen Azad heißt und Uber-Fahrer in Paris ist, wartet wie jeden Tag auf potenzielle Kunden. Zwischen jedem Fahrgast entstehen Wartezeiten, die ihm und indirekt uns die Möglichkeit bieten, in seine Vergangenheit einzutauchen und seine Geschichte zu entdecken. Sein jüngerer Bruder, Hakim, ist zu Beginn der Geschichte seit drei Jahren in Syrien, um offiziell an einem humanitären Projekt teilzunehmen. Uns wird schnell klar, dass Big Brother vermutet, dass er Frankreich verlassen hat, um sich dem Dschihad in Syrien anzuschließen. Ein hartnäckiger Groll vernebelt seine Gedanken: Er ist furchtbar wütend auf seinen Bruder, weil er ihn verlassen hat. Als er eines Abends eine Zigarette raucht, nachdem er seinen Kunden am Busbahnhof Bagnolet abgesetzt hat, hält ein Bus aus Köln nicht weit von ihm entfernt. Eine Gruppe junger Leute steigt aus und geht auf sein Auto zu. Ein junger Mann steigt aus und steigt in einen schwarzen Citroën; Die Szene dauerte nur wenige Sekunden, aber Azad ist überzeugt: Dieser Mann ist sein Bruder! Er beschließt, dem Fahrzeug zu folgen, um ihm auf den Grund zu gehen.

EIN TAUCHEN IN DIE VERGANGENHEIT

Nach einer erfolglosen Verfolgungsjagd erinnert sich Azad an seine Kindheit und Jugend an der Seite dieses Bruders, den er liebte und jetzt hasst. Sie wuchsen in einem Pariser Vorort auf, aufgezogen von einem Vater, der gegen jede Form von Religion war, und einer liebevollen, aber geschwächten Mutter. Am 8. September, als sie noch kleine Jungen waren, starb ihre Mutter auf tragische Weise nach einem hitzigen Streit zwischen ihrem Vater und ihrer Großmutter väterlicherseits, was ihre Kindheit beendete. Dieser dramatische Tod wird das Leben der beiden Männer bestimmen: Einer (Azad) wird sich zurückziehen und seiner Trauer Luft machen, indem er das Leben eines jungen Gangsters führt, während der andere (Hakim) beschließt, Krankenschwester zu werden, um Leben zu retten. Azad, der zum Dealer geworden ist, wird von der Polizei festgenommen. Er trifft eine Vereinbarung mit einem der Polizisten: Um dem Gefängnis zu entgehen, willigt er ein, ihre Augen und Ohren zu sein. Hakim, der als Krankenpfleger im europäischen Krankenhaus Georges-Pompidou in Paris arbeitet, trifft bei einem Kolloquium auf einen Chirurgen, der in einer NGO arbeitet, und beschließt, humanitäre Hilfe in kriegszerrütteten Ländern, insbesondere in Syrien, zu leisten. Eines Abends klingelte es an der Tür: Zweifellos ist es sein Bruder.

DAS DILEMMA

Erstaunt, seinen Bruder wiederzusehen, beginnt Azad ernsthaft seine Motive für seine Rückkehr in Frage zu stellen. Warum will er seinen Vater nach drei Jahren nicht sehen? Ging er wirklich nach Syrien, um humanitäre Hilfe zu leisten? Warum die plötzliche Rückkehr nach Frankreich? All diese Fragen werden noch brennender, als er dies mit einem Anwalt, dem Bruder eines seiner Freunde aus der Vorstadt, und vor allem mit dem Polizisten, mit dem er zusammenarbeitet, um die Ermittlungen voranzutreiben, bespricht. Obwohl die Rückkehr seines Bruders nach Frankreich unbemerkt blieb, war sie mehr als vorhersehbar: Der Anwalt und der Polizist warnen Azad vor den Risiken, die er selbst eingeht, um seinen nach französischem Recht flüchtigen Bruder zu schützen. Der junge Mann zögert: Soll er seinen Bruder weiter schützen oder bei der Gendarmerie anzeigen? Kann man seinen Bruder, sein eigenes Blut verleugnen, um sich zu schützen?

DIE NOTWENDIGE FLUCHT

Nach einigem Nachdenken beschließt Azad, seinem Bruder zu glauben, obwohl er immer noch Zweifel hat. Also überlegt er, wie er ihn retten kann und sieht keine andere Möglichkeit als zu fliehen. Er schmiedet einen Plan: Sie werden nach Portugal gehen, wo einer seiner Freunde ein abgelegenes Landhaus besitzt, und dort anfangen. Er plant den Tag und die genaue Abfahrtszeit. Nachdem er einige Tage zuvor seinen Job als Fahrradfahrer zugunsten der Wiedervereinigung mit seinem Bruder auf Eis gelegt hatte, beschloss er, seine Routine wieder aufzunehmen, um keinen Verdacht bei der Polizei zu erregen. Denn obwohl er mittlerweile den Status eines Informanten erlangt hat, steht er immer noch unter Beobachtung. Außerdem will er möglichst viel Geld für ihren Abgang sammeln. Azad kontaktiert Bekannte, um seinem Bruder einen gefälschten Pass und Personalausweis auszustellen. Er will ihn bis nach Portugal begleiten und dann für einige Zeit nach Frankreich zurückkehren, bevor er sich ihm endlich anschließt. Doch die Zweifel bleiben, denn in Frankreich bahnt sich ein tragisches Ereignis an, an dem sein Bruder vielleicht nicht ganz unbeteiligt ist.

DIE HARTE REALITÄT

Am Tag seiner Abreise nach Portugal verlässt sein Bruder frühmorgens das Haus und stiehlt sein Auto. Azad ahnt, dass etwas im Gange ist und befürchtet, dass seine Zweifel bestätigt werden: Sein Bruder ist nicht der, für den er sich hielt. Er versucht so gut er kann weiterzuarbeiten und hofft insgeheim, dass sein Bruder später am Abend noch da sein wird, aber er hat eine schreckliche Ahnung, dass Hakim tatsächlich ein Terrorist ist. Trotz seiner Anrufe hebt der junge Mann nicht ab... Als er sich mitten in Paris auf eine Bank setzt, weil er sich nicht traut zu arbeiten, erhält Azad auf seinem Handy eine Info-Meldung: ein Angriff hat stattgefunden stattfand, explodierte ein Auto. Er hat sofort den Verdacht, dass es sein Auto ist, das heute morgen von seinem Bruder gestohlen wurde...

UNTERSUCHUNG DER CHARAKTERE

DIE FAMILIE DES GROSSEN BRUDERS

Großer Bruder

Big Brother, mit bürgerlichem Namen Azad, ist einer der Hauptdarsteller in diesem Roman. Er ist ein junger Mann, der zu Beginn der Geschichte bald in den Dreißigern sein wird. Er arbeitet als Uber VTC-Fahrer in Seine-Saint-Denis und lebt allein. Seine Geschicklichkeit am Steuer brachte ihm den Spitznamen Pilote ein. Als ehemaliger Kleinkrimineller entkommt er knapp dem Gefängnis und wird ein Spion für die Polizei, insbesondere ein Polizist mit dem Spitznamen Le Gwen. Der junge Mann lebte lange Zeit im Schoß der Familie, aber nach dem Tod seiner Mutter brach die Beziehung zu den anderen Familienmitgliedern zusammen. Sein Freitagsritual, von dem er nicht abweichen kann, besteht darin, mit seinem Vater zu frühstücken, zu dem die Verbindung abgebrochen ist, seit sein kleiner Bruder nach Syrien gegangen ist. Sowohl sein Berufs- als auch sein Privatleben sind nicht sehr stabil. Ohne offizielle Freundin (obwohl er regelmäßig mit einem Mädchen ausgeht) und ohne festes Einkommen versucht Azad, das Leben in der Vorstadt mit seinen Leidensgenossen so gut wie möglich mit einem „klassischen" Leben in der Gesellschaft zu verbinden.

Kleiner Bruder

Er ist der zweite Hauptprotagonist. Am Ende des Romans erfahren wir, dass er Hakim heißt, aber alle nennen ihn wegen seiner Arbeit als Krankenpfleger Bandaid. Als Bruder von Azad entwickelt er sich in einer liebevollen Familie. Er hat eine gute Zukunft im Krankenhausumfeld, hat ein Krankenpflegestudium abgeschlossen und arbeitet im Hôpital Georges-Pompidou. Eine unangenehme Begegnung bringt ihn jedoch von diesem vorgezeichneten Weg ab. Seine Großmutter väterlicherseits brachte ihm die Grundlagen des Islam bei und er entdeckte schnell eine echte Leidenschaft für die Religion, obwohl sein Vater sich immer weigerte, ihnen auch nur ein einziges Gebet beizubringen. Diese große Begeisterung für religiöse Dinge brachte ihn in Kontakt mit den Imamen in seinem Vorort, die ihn ermutigten, sich für die syrische Sache einzusetzen. Dass er für eine NGO arbeiten will, wird ihm immer klarer: Er bewirbt sich bei Ärzte ohne Grenzen. Auf einem Pflegesymposium in Straßburg lernt er Herrn Bedrettin kennen, der ihn nach Syrien verschiffen wird. Als die Erzählung beginnt, wird er seit drei Jahren vermisst, offiziell aus humanitären Gründen, aber Zweifel an seinen wahren Absichten bleiben den ganzen Roman über bestehen.

Der Vater

Vater von Azad und Hakim, wir kennen seinen Vornamen nicht. Er wurde in Syrien als Sohn einer großen Familie (fünf Schwestern und ein Bruder) geboren und floh aus politischen Gründen aus seinem Land. Er klebte

Anti-Regime-Plakate und wurde von den Männern von Baschar al-Assads Vater, Hazef al-Assad, erwischt, der von 1971 bis zu seinem Tod im Jahr 2000 syrischer Präsident war. Zur Strafe schnitten sie einen Finger ab. Eine relativ milde Strafe, wenn man bedenkt, dass sein älterer Bruder verschwand und sein Cousin viel schwerer gefoltert wurde. In den 1980er Jahren kam er nach Frankreich, um seine Ausbildung fortzusetzen. Er unterrichtete Französisch am Institut für orientalische Sprachen, wo er auch seine spätere Frau kennenlernte. Trotz seines gebrochenen Französisches promovierte er und arbeitete während der jährlichen Sommerferien der Universität als Nachttaxifahrer. Zu seiner Mutter, die er wegen des Syrien-Konflikts im Juni 1998 bei sich aufnahm, hatte er ein eher zwiespältiges Verhältnis. Im September hatten die beiden einen hitzigen Streit über religiöse Fragen, und am selben Tag starb seine Frau. Seitdem arbeitet er hauptberuflich als Taxifahrer, hat ein eigenes Kennzeichen und nähert sich dem Rentenalter. Ihm missfällt, dass sein Sohn lieber Uber-Fahrer wäre, als sein Taxifahrerkennzeichen zu erben. Er glaubt fest daran, dass sein kleiner Sohn Hakim von seiner humanitären Reise zurückkehren wird.

Die Mutter

Auch ihren Vornamen kennen wir nicht. Wir wissen nur, dass sie Französin aus der Bretagne ist und zum Studieren nach Paris geht. Sie studiert am Institut des langues orientales, wo sie ihren späteren Ehemann kennenlernt, der damals ihr Lehrer war. Ihre Mutter lebt in Saint-Malo, wo Hakim und Azad als Kinder regelmäßig ihre Ferien in der Region verbrachten, in der sie ihre Wurzeln haben. Sie litt immer wieder unter Migräne, was auf eine schlimmere Krankheit hindeutete, die sie innerlich zerfrisste. Sie war sehr schwach und starb am 8. September, nachdem sie ihren Mann während eines hitzigen Streits mit seiner Mutter beruhigt hatte. Sie ist zu Beginn des Romans bereits über 18 Jahre tot, dennoch ist sie in der Geschichte allgegenwärtig: Der Leser erkennt schnell, dass dieser tragische Tod die Psychologie der anderen Charaktere beeinflusst hat.

Die Großmutter väterlicherseits

Zahié, die Großmutter väterlicherseits von Azad und Hakim, kam in den 1990er Jahren aufgrund der Konflikte in ihrer Heimat Syrien nach Frankreich. Während sie bei ihrem Sohn wohnt, bringt sie ihrer Schwiegertochter Arabisch und ihren Enkelkindern die Grundlagen des Islam bei, obwohl ihr Sohn ihr ausdrücklich verbietet, ihnen die Religion beizubringen, die er „ablehnt". Eines Morgens im September griff ihr Sohn sie brutal an, nachdem sie an den Gebeten teilgenommen hatte, die sie von Aazad und Hakim verrichten ließ. Am selben Tag stirbt ihre Schwiegertochter auf tragische Weise. Da sein Sohn sie nicht mehr hauptberuflich betreuen kann, beschließt er, sie in einem Pflegeheim westlich von Paris unterzubringen. Trotz ihrer Differenzen zahlt ihr sein Sohn eine ziemlich luxuriöse Rente, damit sie ihr Alter in Würde verbringen kann, da sie Familie als einen heiligen Wert ansieht.

DAS NÄHERE UMFELD VON GROSSER BRUDER

Die Gwen

Die Gwen ist eine Polizistin, die Azad jeden ersten Mittwoch im Monat kontaktiert. Um eine Gefängnisstrafe zu vermeiden, hat der junge Mann zugestimmt, Informationen über Jugendbanden in Vorstädten zu liefern, die mit Drogen, Einbruch und Radikalisierung zu tun haben. Als Gegenleistung für diese Informationen hilft Le Gwen Azad in schwierigen Situationen. Azad schuldet ihm viel, weil er der Cop ist, der ihm über einen seiner Freunde einen Job verschafft. Er hilft ihm auch bei der Suche nach Sozialwohnungen, indem er Druck auf die Behörden ausübt. Im Gegenzug wird er ihm helfen, indem er dafür sorgt, dass er seinen Job nicht verliert, obwohl er keine Punkte mehr auf seinem Führerschein hat. Azad betrachtet ihn als seinen zweiten Vater: Er weiß alles über seine Familie und ihre Geschichte. Als er ihm von der Möglichkeit erzählt, dass sein Bruder zurückkehrt, warnt er ihn, dass er als Komplize betrachtet werden könnte, wenn er ihn nicht anzeigt.

Mehmet

Mehmet ist Azads bester Freund, er ist Türke und betreibt das Restaurant Le 120, wo sich alle Taxifahrer täglich zum Essen und Plaudern treffen. Azad nennt ihn „Demytho", weil er immer halbe Lügen erzählt. Die Informationen, die er gibt, enthalten immer etwas Wahres und etwas Unwahres. Mehmet war es, der Azad vor einem möglichen Terroranschlag in den Vororten warnte.

MENSCHEN, DIE DEM KLEINEN BRUDER NAHE SIND

Bedrettin

Er ist Mitglied der NGO Islam & Peace, die auf einem Symposium im Straßburger Krankenhaus einen Vortrag über die Versorgung in Kriegssituationen hält. Er verbrachte seine Kindheit in der Türkei, bevor er mit etwa siebzehn Jahren nach Frankreich kam, um seine Ausbildung fortzusetzen. Mit einundzwanzig machte er seinen Highschool-Abschluss und entschied sich dann für ein Medizinstudium. Als in Syrien der Krieg ausbrach, beschloss er, seinen Job in Straßburg aufzugeben, um sich bei der NGO Islam & Peace zu engagieren, die der syrischen Bevölkerung hilft. Er wird Hakims Mentor, als er sich ebenfalls in die Organisation einmischt. Bedrettin ist es auch, der ihm das Handwerk des Kriegschirurgen beibringt und ihm immer mehr Verantwortung überträgt. Kurz nach ihrer Ankunft in Syrien wird Bedrettin einem anderen Dorf zugeteilt und überlässt Hakim die Leitung des Krankenhauses.

Blonder Bart

Es ist ein Spitzname, den Hakim ihm gibt, wir kennen seinen richtigen Vornamen nicht. Es handelt sich offensichtlich um eine Variante von Barbarossa, einem

Namen, der dem osmanischen Freibeuter Khizir Khayr ad-Dîn zugeschrieben wird. Blondebeard ist der Emir, der über den Bezirk Al-bab in Syrien regiert, wo Hakim sich mit der NGO Islam & Peace treffen wird. Er entwickelt eine besondere Bindung zu Hakim, als er seine Schwägerin vor der Geburt rettet. Er findet ihr eine Frau, Leila, und ein Haus. Nachdem er Bedrettin in Richtung Mayadin, einem Dorf in Westsyrien, verlassen hat, wird Blondbart offizieller Ansprechpartner für die NGO Islam & Peace. Er rekrutiert Hakim für Jobs, die weit über seine Aufgaben in Syrien hinausgehen: Der junge Mann nimmt als Krankenpfleger an tödlichen Kommandos teil. Es war auch Barbe Blonde, die Hakim mit einem gefälschten syrischen Pass nach Frankreich zurückschickte, um dort Anschläge zu verüben.

SCHLÜSSEL ZUM LESEN

DIE MACHT DER SPRACHE

Die Frage der Sprache nimmt in der Literaturgeschichte einen herausragenden Platz ein. In den 2000er Jahren entstand eine sogenannte „Vorstadtliteratur", zu der sicherlich auch der Roman Grand frère gehört.

Mit dem schnellen Wachstum der Städte im 19. und 20. Jahrhundert entstanden Vororte und Vorstädte (Banlieues). Seit den 1950er Jahren und der Ankunft von Einwanderern in Frankreich entwickelte sich am Rande der Stadt der ausgeprägte Wortschatz der jungen Generation, der die Entwicklung der französischen Sprache und Literatur beeinflusste. Die Schriftsteller mit nordafrikanischem Migrationshintergrund führen ihre literarische Produktion an den Rand des Gewöhnlichen, indem sie auf mündliche Sprache zurückgreifen.

Durch die Verwendung dieser oralisierten Sprache, die sich in bestimmten Sprachelementen oder gar Satzzeichen manifestiert, hat der Leser das Gefühl, den Charakteren, die den Roman bevölkern, von Angesicht zu Angesicht gegenüberzustehen: „Es ist schon eine Weile her, dass chelous guy in unserer Nähe aufgetaucht sind Haus. Sie haben die Moschee zu sehr ins Visier genommen." (S. 149)

Der Autor achtet darauf, den für die Vorstadtjugend typischen Slang (Verlan) und die Dialekte, eine Mischung aus Französisch und Arabisch, wiederzugeben, die uns direkt in das Herz dieser französisch-syrischen Familie stürzen und einen ganz eigenen Rhythmus prägen:

> *„Hör zu, Ibni. ‚Ibni' bedeutet ‚Sohn' im arabisch-syrischen Dialekt meines Reup."* (S. 29)

Sprache ist in diesem Roman doppelt wichtig, da sie auch als Mittel zur Identifikation und Integration in die Mainstream-Gesellschaft erscheint. Man merkt, wie wichtig Französisch für den Vater ist, obwohl er es nur grob spricht, denn durch das Erlernen der Sprache konnte er sich in Frankreich integrieren. Bei Grand frère hingegen zeugt der Gebrauch von verlan oder argot vom starken Willen, sich durch Sprache zu emanzipieren: „Quelque fois, on m'a pris en filat, mais tu me connais, j'ai vesqui en 3-5-7." (S. 226)

Mahir Guven verwendet eine solche Sprache, um die Realität des Milieus zu vermitteln, in dem die Figuren leben. Die Charaktere aus den Vorstädten, die ständig nach Identität und Anerkennung in den Augen der Gesellschaft suchen, können keine „klassische" Sprache verwenden, die nicht repräsentativ für das ist, was sie erleben. Aus diesem Grund bietet der Autor am Ende des Buches ein Glossar an, das es uns ermöglicht, uns mit dieser uns in vielerlei Hinsicht relativ unbekannten Sprache, insbesondere dem Arabischen, vertraut zu machen. „Liebe Leserinnen und Leser, um Ihnen das Lesen zu erleichtern und Ihnen den energiegeladenen und lebendigen Wortschatz eines Teils der Jugend näher zu bringen, finden Sie hier ein Glossar." (S. 265).

AUF DER SUCHE NACH SEINER IDENTITÄT

Eines der zentralen Themen dieses Romans ist die ständige Suche nach Identität inmitten einer französischen Gesellschaft, die nicht ganz die der Hauptfiguren ist oder sie zumindest nicht so einzubeziehen scheint, wie sie es gerne hätten.

> *„Kein Rückgrat: weder wirklich französisch noch wirklich syrisch, weder wirklich gebürtig noch wirklich eingewandert, weder christlich noch muslimisch. Metamenschen, ohne zu wissen, warum wir Metamenschen sind. Mein Vater hat nicht die halbe Geschichte erzählt, also Episoden und du denkst dir den Rest aus." (...) Wie soll man zurückfinden, wenn man nicht weiß, woher man kommt?"* (S. 72)

Dies ist ein perfektes Echo dessen, was Staatenlose in jeder Gesellschaft empfinden können, nicht nur in Frankreich. Es ist leicht nachzuvollziehen, wie wichtig die Herkunft für diese Jugendlichen aus der Vorstadt ist. Sie können sich nicht richtig bauen, wenn ihnen ein Stück ihrer eigenen Geschichte fehlt:

> *„Ich weiß nur, dass die Jungs aus der Nachbarschaft es genauso machen wie jeder von uns in dieser Gesellschaft, sie reproduzieren das Leben ihrer Eltern. Hier verstecken sich, abgesehen von den wenigen Rappern und Sportlern, Büsche, die einen Wald aus Robotern schaffen, wir." haben nicht getan, wovon wir geträumt haben. Wie unsere Eltern, rheylito... Die Welt dreht sich und ihr Gleichgewicht ist ewig".* (S. 100)

Trotzdem sind sie sich ihrer Sache auch sehr bewusst und versuchen mit allen Mitteln, vor allem durch die Arbeit, ihren Platz zu finden: „(...) C'est pourri, rhey! Der

Anzugträger? Er stinkt nach Scheiße, aber du hast damit zu leben, weil es ohne schlimmer ist. Sie respektieren dich nicht einmal mehr." (S. 100) Denn obwohl Azad nicht der „typische" junge Franzose ist, tut er alles, um sich zu integrieren: Er hat eine Wohnung, arbeitet und zahlt seine Steuern. Er versucht, so weit wie möglich von der französischen Gesellschaft akzeptiert zu werden, obwohl sie sehr wählerisch ist. Das Thema der Identitätssuche wird in der Literatur häufig verwendet: Jeder kennt Shakespeares berühmten Spruch „To be or not to be" (Shakespeare, Hamlet), der im Zentrum der inneren Frage eines jeden Menschen steht. Identität wird durch den sozialen Kontext erworben, in dem wir uns bewegen, und die Beziehungen, die wir mit anderen aufbauen können.

Interessanterweise betrifft diese Identitätssuche, die einer Assimilation in eine Gruppe nahe kommt, nicht Azads Vater, der nicht assimiliert oder abgestempelt werden möchte. Er ist weder Araber noch Franzose, sondern behauptet vor allem, ein Mensch zu sein:

> *„– Menschlich ich, wesh! Wie du sagst, wesh für alles, aber immer dumm! Menschlich, wichtiger als alles andere. (S. 24); „Warum gehst du nicht in den ‚normalen' Club? Engagiert dich für Muslime? Was auch immer? Es ist wichtig, menschlich zu sein!" (S. 123)*

EIN NEUER ROMAN

Dieser Roman ist dank der behandelten Themen perfekt in den französischen und internationalen Nachrichten verankert.

Terrorismus

Der Zeitraum, in dem die Geschichte spielt, ist ziemlich bedeutsam, und immer wieder werden gesellschaftspolitische Situationen in Frankreich und im Ausland erwähnt, die dem Leser einen Einblick in die zeitgenössischen Wurzeln des Romans geben: „Mais depuis Charlie et le 13, on est surtout appell for the Angelegenheiten des Terrorismus." (S. 40). Mit dieser Bemerkung verstehen wir sehr gut, dass er sich auf die Terroranschläge in Frankreich im Jahr 2015 bezieht. Dies ist umso bedeutsamer für die Hauptfigur, die in der Vorstadt lebt, und die Abkürzung ist in den Köpfen der Menschen sehr schnell gemacht. Zumal er in der Vergangenheit Fehler gemacht hat und mit Menschen in Kontakt kommt, die mit Terrorismus in Verbindung gebracht werden könnten. Aus diesem Grund warnt ihn ein Freund: Wenn er nicht mit diesen Terroristen gleichgesetzt werden wolle, dürfe er sich nicht reinfallen lassen: „Bruder, mach nicht so komische Sachen. Du weißt, dass diese Moschee die ist Anlegestelle für Cham." (S. 86)

Terrorismus ist ein wiederkehrendes Thema in der allgemeinen Literatur. Obwohl es kein neues Thema ist, wird es in Post-2015-Romanen immer häufiger erwähnt. Nach den französischen Anschlägen wurden eine Reihe von Romanen veröffentlicht, die sich mit den Überlebenden befassen oder den Opfern Tribut zollen. Grand Frère ist jedoch einer der wenigen Romane, der den Aufbruch eines Bruders in den Dschihad so treffend behandelt. Literatur wird so zu einer Art Ventil, das sowohl Autoren als auch Lesern erlaubt, ihre Wunden zu heilen, seien es physische oder psychische.

Eine uberisierte Gesellschaft

Die sich auflösende soziale Situation ist in diesem Roman deutlich zu spüren, da er die Probleme, die die Gesellschaft und insbesondere ihre Uberisierung geprägt haben, wieder in den Vordergrund rückt. Bemerkenswert ist, dass Big Brother der Sprecher dieser neuen Gesellschaft ist, ein Protagonist des Zeitgeistes, der jede Art von Arbeit annimmt und riskiert, einen Teil der sozialen Errungenschaften zu gefährden, die von früheren Generationen hart erkämpft wurden: „Seit" Als Uber und die Plattformen kamen Sie [die Taxifahrer] haben viele Mitfahrgelegenheiten und Kunden verloren. Es ist eine Schande für sie. Ich persönlich kann ihre Wut verstehen, aber sie ist teilweise selbst schuld." (S. 30); „Uber hat alles verstanden. Es ist einfach, Kunde zu sein, es ist einfach, Fahrer zu sein." (S. 31)

Der Schaden, den die Uberisierung der Gesellschaft zufügt, ist ihm jedoch durchaus bewusst, und was ihn noch mehr ärgert, ist, dass die Taxifahrer das falsche Ziel verfolgen: „Nun, eigentlich sind die Köpfe von Uber schlau, weil die Taxis sie sind greifen uns VTC-Fahrer an, nicht die Typen, die das System erstellt und gewartet haben." (S. 32)

Azads Vater hingegen ist viel reaktionärer gegenüber der neuen Technologie, die die neue Gesellschaft prägt: „Das Leben ist nicht kompliziert. Okay, du arbeitest mit

Uber App, Telefon, ek jetera. Aber wer ist der Besitzer von Uber? Sie beteiligen sich daran, einen Beruf zu zerstören, Taxi für andere. Wenn es morgen, eines Tages, keine Taxis mehr gibt, Uber-Monopol, ist das nicht gut…". (S.30) Er geht sogar so weit, an diversen Demonstrationen von Taxifahrern teilzunehmen.

Die Uberisierung der Gesellschaft gefährdet auch die Wirtschaft. In diesem Roman ist die Ankündigung der Schließung einer VTC-Plattform ziemlich bezeichnend für den Schaden, der durch eine solche Arbeitsstrategie verursacht wird: „Die neuen Start-ups wurden als die Zukunft der Wirtschaft und durch den Dominoeffekt als die Zukunft bezeichnet der Menschheit. Dieser Bankrott war also ein Ereignis. Die Eliten unseres Landes, allen voran der Handelsminister, haben massiv für diese neuen Unternehmen gestimmt und all die Dreckskerle wie mich dazu gebracht, sich ihnen anzuschließen." (S. 172). Die Uberisierung der Gesellschaft rückt auch den hemmungslosen Wettlauf um Statistiken und Noten in den Vordergrund, der die Menschen zu Sklaven ihres Images macht: „Manche sind schon für beide Plattformen gefahren, aber das würde ständige Gymnastik am Handy erzwingen, weil man gleichzeitig Die Fahrt für zwei Kunden konnte genutzt werden. Und wenn Sie eine Fahrt verweigerten, ging die Rechnung runter." (S. 186)

DIE RELIGIÖSE FRAGE

Die Religionsfrage nimmt in diesem Roman durch die Figur des kleinen Bruders einen wichtigen Platz ein. Es wird die exzessive Religionsausübung hinterfragt, nicht die Religion als solche. Denn erst als sich Hakim immer mehr in seinen Glauben verschließt, wird die Gefahr deutlich: „Mit fortschreitendem Krieg wächst dem Kleinen der Bart." (S. 123). Bis er eines Tages die Kommunikation mit seinen Familienmitgliedern einstellt und beschließt zu gehen: „Und eines Tages verließ er das Haus. Um bei einem Freund einzuziehen (...) Drei Tage später war seine Telefonleitung gesperrt worden. Nachdem er nichts von ihm gehört hatte für ein paar Wochen „Als wir von ihm hörten, bekamen wir eine E-Mail. Er war für ein Jahr zu einer humanitären Mission nach Mali abgereist. Es ging sehr schnell, er ging als Notfall." (S. 124)

Azad hat eine ganz klare Vorstellung von Religion. Es ist ihm wichtig, regelmäßig in die Moschee zu gehen, zumal sein Bruder gegangen ist: „Ich bin in die Moschee gegangen, nachdem mein Bruder gegangen ist. Dort habe ich Antworten gefunden. Das hat mir gut getan" (S. 71). Er sieht Religion nicht als etwas Schlechtes an: Jeder sollte frei sein, sich dafür zu interessieren oder sich von ihr abzuwenden, ohne seine Sicht der Dinge aufzudrängen. Das wirft Azad seinem Vater vor: „Im Grunde genommen wäre der Bruder vielleicht nicht gegangen, wenn der Vater den Job hätte. Der alte Mann hat die Religion beiseite geschoben, er hat nie darüber gesprochen." (S. 71)

Doch auch wenn ihm Religion wichtig ist, kann der junge Mann die Dinge auseinander halten: „In der Moschee waren die Predigten ein bisschen westlich. Wie in den Nachrichten hat der Imam nie über die Welt gesprochen, wie sie ist Stern, der auf Plakate gedruckt werden konnte, bevor er ein Anführer war" (S. 72). Er ist sich wohl bewusst, dass die Predigten der Radikalen in vielerlei Hinsicht exzessiven und schädlichen Dogmatismus widerspiegeln.

Der Vater seinerseits hat sich immer gegen die Religion gewehrt, vermutlich weil er als Kind und Jugendlicher in Syrien gelebt hat. In seiner Heimat erlebte er einen religiösen Rückzug, der zu den schlimmsten Konflikten führte. Aufgrund dieses Traumas hat er sich immer geweigert, seinen Kindern irgendeine religiöse Praxis beizubringen, und es ist diese Abneigung gegen die Religion, die indirekt zu einem Familiendrama führt: dem Tod seiner Frau.

Die diametral entgegengesetzten Charaktere des Vaters und des kleinen Bruders spiegeln perfekt die religiöse Radikalisierung in diesem Roman sowie die zunehmende Indoktrination wider.

STOFF ZUM NACHDENKEN

EINIGE FRAGEN, UM IHRE ÜBERLEGUNG ZU VERTIEFERN...

- Wie wirkt sich der Perspektivwechsel der beiden Brüder aus?

- Big Brother sagt im Roman: „Wie findest du deinen Weg, wenn du nicht weißt, woher du kommst" (S. 72). Kommentiere diesen Satz im Kontext des Romans.

- Welche Art von Beziehung haben Big Brother und Little Brother, abgesehen davon, dass sie Brüder sind? Erklären Sie, wie sich diese im Laufe des Romans ändern und warum.

- Welche Themen werden in diesem Roman behandelt? Erklären Sie, wie sie den Roman sehr aktuell machen.

- Erscheint Ihnen der Religionsbegriff im Roman wichtig?

- Welche Ansichten haben verschiedene Menschen über Religion?

- In der gesamten Erzählung verwendet der Autor eine Mischung aus Verlan und Arabisch. Nennen Sie einige Beispiele. Erklären Sie, warum dies im Kontext des Romans von Bedeutung ist.

Inwieweit wird in diesem Roman die Uberisierung der Gesellschaft thematisiert? Ihre Meinung ist uns wichtig! Hinterlassen Sie einen Kommentar auf der Website Ihrer Online-Buchhandlung und teilen Sie Ihre Favoriten in sozialen Netzwerken!

ZUSÄTZLICHE INFORMATION

REFERENZAUSGABE

GUVEN M., *Großer Bruder*, Paris, Éditions Philippe Rey, 2017.

REFERENZSTUDIEN

MARCU IM, « L'écriture des auteurs "intrangers". À la périphérie de la norme », in Carnets (online), Deuxième série – 7, 2016, https://journals.openedition.org/carnets/961.

DELAS D., « Les parlers jeunes dans deux romans littéraires » in Cairn (online), 2003, https://www.cairn.info/revue-le-francais-aujourd-hui-2003-4-page-89.

Deine Meinung ist uns wichtig!
Hinterlasse doch einen Kommentar auf der Seite
unserer Online-Buchhandlung
und teile Deine Favoriten in den sozialen Netzwerken!

derQuerleser.de

Literatur auf den Punkt gebracht!

Die präsentierten Inhalte werden vom Herausgeber überprüft, dennoch übernimmt dieser keine Haftung für die inhaltliche Richtigkeit, Vollständigkeit und Aktualität der vorgestellten Inhalte.

www.derQuerleser.de

ISBN digitale Ausgabe: 9782808687003
ISBN gedruckte Ausgabe: 9782808698405
Pflichtexemplar: D/2023/12603/1120

Cover: © Plurilingua
Logo: © Graphicrepublic (Freepik.com) und Plurilingua

Digitale Aufbereitung: Primento, der digitale Partner der Herausgeber.